MW01277893

EL BARCO DE VAPOR

Un cocodrilo bajo la cama

Mariasun Landa

Primera edición: febrero 2004
Segunda edición: julio 2004

Colección dirigida por Marinella Terzi

© del texto: Mariasun Landa, 2004
© de las ilustraciones: Arnal Ballester, 2004
© Ediciones SM, 2004
  Impresores, 15
  Urbanización Prado del Espino
  28660 Boadilla del Monte (Madrid)
© de la fotografía de la autora: José Usoz

ISBN: 84-348-9880-2
Depósito legal: M-25989-2004
Preimpresión: Grafilia, SL
Impreso en España / *Printed in Spain*
Imprenta SM - Joaquín Turina, 39 - 28044 Madrid

Para J. L. Ruiz de Munain

1

J.J. se despertó aquella mañana a las siete. Como siempre. Se lavó y se afeitó. Como siempre. Tomó un zumo de naranja. Como siempre. Y luego empezó a vestirse. Generalmente se vestía con pulcritud y esmero, sin olvidar dar un aire *sport* y desenfadado a su estilo, como correspondía a un joven administrativo de una entidad bancaria, sin grandes ambiciones, pero satisfecho de su trabajo. El calzado era el último detalle que añadía a su aspecto y que todas las mañanas le hacía repetir el mismo rito: ponerse a cuatro patas y buscar bajo la cama los zapatos que había lanzado allí la víspera, en un gesto cotidiano difícil de corregir. Eso no significaba que no mimase aquel aspecto de su atuendo. Al contrario, una vez localizados los zapatos bajo la cama, los limpiaba y lustraba detenidamente, pensando siempre en la señora Eulalia, la más veterana de los empleados de la sucursal, la más detallista, la más mordaz...

—¡Oh, Juan José, cómo llevas los zapatos! –le dijo una vez–. Tráemelos un momento que te los limpie, no entres a ver al jefe con esas pintas.

J.J. recordaba siempre el bochorno que sintió aquel día, sobre todo por Elena, la joven de prácticas que les habían mandado los de la Oficina Central. Melena rubia larga y rizada, unos ojos como avellanas brillantes y una silueta todavía casi adolescente. Aquella chica levantó la vista de su ordenador al oír a la señora Eulalia y fue a posarla inmediatamente en sus calcetines de rombos azules y rojos, mientras la señora Eulalia sacaba de su mesita un tubo de betún y una bayeta y se ponía a lustrar los zapatos del pobre J.J.

—¡Estos chicos que viven solos! –había dicho la señora Eulalia con lástima–. ¿No has pensado en casarte alguna vez, Juan José?

J.J. se ruborizó al percibir los ojos de Elena clavados en sus pies... ¡Con lo que le habría gustado que ella se hubiese fijado en sus cuidadas manos, o en su bigotito castaño o en su corbata! No. Aquella escena no volvió a repetirse. Desde aquel día limpió todas las mañanas con esmero sus zapatos, aunque eso no le impidiera arrojarlos por la noche debajo de la cama en un gesto de rabia, de rebeldía, de costumbre también. Manías y ventajas de soltero.

Pero aquella mañana, cuando se agachó en busca de los zapatos, ocurrió algo raro e inusitado: su mano se topó con algo duro, extremadamente áspero al tacto, algo tan rugoso como la corteza de un olivo... «¿Será una maleta?», pensó enseguida. E inmediatamente aquella posibilidad le pareció una tontería por la sencilla razón de que él no había dejado nunca ninguna maleta debajo de la cama. Vivía solo y no era cuestión de empezar a dudar de su memoria. Así que hizo lo que es normal en estos casos: miró debajo de la cama; así, sin más.

Y entonces lo vio.

Aquello era increíble. Levantó la cabeza como si le faltara el aire y miró a su alrededor como si quisiera comunicar a alguien algo terrible. Pero a su lado no había nadie. En su casa tampoco. Vivía solo y eso quería decir que en aquellos momentos no tenía a nadie con quien compartir aquel estremecimiento, nadie a quien hacer mirar debajo de la cama y nadie detrás del cual esconderse...

Así que no tuvo más remedio que tragar saliva, volverse a poner de rodillas y mirar de nuevo, con la secreta esperanza de que todo fuera un sueño. Pero no. No era ningún sueño y tuvo que admitir anonadado que debajo de su cama estaba tranquilamente instalado un enorme cocodrilo.

2

Tenía, efectivamente, el tamaño de una maleta. Por lo menos de la gran maleta que J.J. había traído la primera vez que vino a la ciudad. Una maleta grande donde cabían todas sus pertenencias, una maleta que le acompañó de pensión en pensión, de patrona a patrona, hasta encontrar, por fin, aquel pisito donde vivía, no demasiado feliz pero sí tranquilo. Bueno, hasta aquel momento al menos, hasta ver aquel cocodrilo parsimonioso debajo de su misma cama.

Aquel reptil tenía el cuerpo lleno de costras endurecidas, escamas enormes petrificadas, una especie de coraza de color gris verdusco y una alargada bocaza semiabierta donde J.J. contempló uno de sus zapatos bien atrapado por una hilera de afilados dientes. Aplastado sobre el parqué del suelo se hubiera dicho que era algo inmóvil, mortalmente paralizado, los gruesos párpados bien cerrados. Estaba claro que el cocodrilo se había dormido mientras empezaba a engullir su segundo zapato.

J.J. se incorporó un poco tambaleante. Se dirigió a la sala, puso un poco de música, miró por la ventana, contó una vez más los pisos del bloque de enfrente y volvió deprisa a mirar bajo la cama. No, no era un sueño: el cocodrilo seguía allí.

Se puso a cortarse las uñas, ordenó las facturas del gas, del agua, de la electricidad. Se peinó nuevamente y volvió ansioso a mirar debajo de la cama. No, no era una alucinación: el cocodrilo seguía allí. Y estaba claro que se alimentaba de sus zapatos, porque no quedaba rastro del que antes tenía entre sus fauces. J.J. se sentó a cavilar... «A ver, reflexionemos...», se dijo a sí mismo intentando serenarse. «Un cocodrilo no es un animal propio de esta zona y de este clima. Vale. Lo cual quiere decir que ha venido de algún sitio. Luego, la cuestión consiste en saber su procedencia...». J.J. siguió reflexionando con una lógica implacable. ¿En qué lugar cercano podía haber cocodrilos? En ninguno. A no ser que... ¡claro! ¿Cómo no se le había ocurrido antes?... El zoológico. ¡Aquel cocodrilo se había escapado de algún zoológico! Y se dirigió deprisa a coger el listín de teléfonos. Notó que empezaba a serenarse. Mientras pasaba las hojas en busca del número telefónico del parque de atracciones de la ciudad, se dijo que en esta vida lo más importante era conservar la calma y mantener la mente clara aun en los momentos más difíciles, en los momentos más...

—¿Dígame?

—¿Es el parque de atracciones?

—Sí...

—Ustedes tienen ahí un zoológico, ¿no?

—¡Hombre! Algún animal sí que hay...

—¿Les falta a ustedes algún cocodrilo?

—¿Cómo dice?

—Sí. Que a ver si han notado que les falte algún cocodrilo...

Se hizo un silencio algo penoso. J.J. pensó que quizás debiera haber empleado otro tono, no tan directo, no tan contundente...

—Pues mire usted, ahora que lo dice..., es algo probable. Porque aquí les damos fiesta los sábados y domingos y algunos se quedan por ahí de juerga.

Aquella voz era la de un hombre que a duras penas estaba intentando contener su crispación...

—No, mire, se lo digo en serio. Es que he encontrado un cocodrilo debajo de mi cama y...

—¡No, si ya comprendo! Los cocodrilos son muy caprichosos. Pero le voy a decir una cosa: ha tenido suerte, porque los canguros son mucho peores. ¡No sabe usted los saltos que dan cuando se van de parranda!

—¡Créame que le hablo en serio! ¿Les falta o no les falta un cocodrilo?

J.J. empezaba a sentirse muy enfadado.

—¡Lo que nos falta es paciencia y humor para aguantar a tipos como usted!

Y colgaron el teléfono sin más miramientos.

J.J. empezó a tomar conciencia de la gravedad de su situación. Es decir, que no podía ir pregonando tranquilamente por el mundo que tenía un cocodrilo debajo de su cama.

3

LA siguiente llamada la hizo con más precaución.

Llamó a Cefe, el carnicero de su calle, al que consideraba casi un amigo de confianza.

Cefe era un poco bruto, tenía un peculiar sentido de la simpatía que le llevaba a llamar a todos «memo», «granuja», «merluzo» y adjetivos por el estilo, dichos, eso sí, de una forma cariñosa, acompañados a menudo por golpecitos en la espalda que podían tumbarle a uno en el suelo si lo cogían desprevenido. Pero, por otra parte, reunía unas características que J.J. consideró muy adecuadas para el caso:

A Estaba acostumbrado a tratar con animales, animales muertos pero animales al fin y al cabo.

B Por su temperamento podía aguantar

cualquier *shock* o susto, aunque este tuviera forma de cocodrilo.

C   Y la razón más importante: Cefe era prácticamente el único amigo que tenía en la ciudad.

Mientras marcaba su número de teléfono se lo imaginó secándose las manos en el delantal manchado de sangre...

—¿Dígame?

—¿Cefe?

—¡Hombre, canalla! ¿Dónde te metes a estas horas, chalado?

—Cefe, te tengo que pedir un favor...

—Dime, merluzo, que para eso estamos...

—¿Puedes venir un momento a mi casa?

—¿A tu casa, a estas horas de la mañana? ¿Qué te pasa, pajarraco?

—No puedo contártelo por teléfono. Ven y lo verás.

—Bueno, ahora le digo a Esther que baje a la tienda y subo a tu casa enseguida. ¡Pero no me asustes, cabrón! ¿No será algo grave?

—Ya lo verás tú mismo...

Esta vez J.J. no estaba dispuesto a que le tomaran el pelo. Necesitaba a alguien que le aconsejara, alguien con quien compartir aquella tragedia... Además, Cefe era carnicero y quizás podría... ¡en fin!... un buen hachazo podría terminar con aquella pesadilla, aunque solo el pensarlo le hacía flaquear las rodillas. Miró al reloj y pensó que llegaría tarde a la oficina. De todas formas tenía una razón de peso, ¿no? ¡No todos los días aparecen cocodrilos en la casa de uno!

4

Sonó el timbre. Cefe apareció en el umbral con aire intrigado. Era alto y fuerte. Tenía unas manos como dos raquetas de tenis que, cuando apoyaba en las caderas, le daban un aspecto de solidez, de seguridad...

—¡Juanjo, que me tienes intrigado, coño! –y le asestó un puñetazo cariñoso que hizo que J.J. tuviera que apoyarse ligeramente en la pared.

—¡Sígueme! –le dijo reponiéndose del saludo–. Tengo un cocodrilo debajo de la cama...

—¿Qué dices que tienes?

—Lo que oyes. Que aquí, debajo de esta cama, hay un cocodrilo y que no sé qué hacer con él. Míralo tu mismo...

Y Cefe se arrodilló a cuatro patas y miró bajo la cama. J.J. aprovechó para encender un cigarrillo. Empezaba a tranquilizarse. ¡Qué gran cosa era la amistad! Poder compartir tus angustias, sentirte apoyado...

—¡Por todos los demonios, pedazo de morcilla! ¿Qué broma es esta?

J.J., en su sobresalto, casi se tragó el cigarro...

—¿Pero no lo ves, Cefe?

—¿Ver qué, anchoílla? ¡Qué cocodrilo ni qué niño muerto! ¡Aquí no hay nada!

J.J. se echó a tierra como si en aquel momento hubiera comenzado un bombardeo. Miró bajo la cama... ¡y lo vio! ¡Sí, lo vio! Inmóvil, enorme, como muerto. Solo el movimiento de su vientre escamoso indicaba que el reptil vivía...

—¡Atunete, tú estás mal de la cabeza! ¡Aquí no hay más que polvo! ¿Desde cuándo has empezado a ver visiones, tío?

—Cefe, yo te juro que...

J.J. medía en aquellos momentos su enorme soledad. Comprendió que era inútil insistir. Hasta peligroso. Se dio cuenta de que aquel incidente iba tomando un cariz inesperado, que enumerado con rapidez en su mente podía transcribirse de la siguiente forma:

1. Bajo su cama había un cocodrilo.

2. Aquel cocodrilo comía zapatos.

3. No se había escapado de ningún zoológico.

4. El cocodrilo era invisible para los demás.

J.J., instintivamente, pensó que de momento lo mejor era disimular...

—Te juro que me había parecido que...

—¡Juanjo, Juanjete, tú trabajas demasiado! ¡Y además no se puede vivir eternamente solo, rediez! ¡Tú lo que necesitas es divertirte! ¡Y encontrar una chica, que las hay preciosas, besuguito! ¡Anda, pásate luego por la carnicería que te dé un par de chuletas, famélico! ¡Regalo de la casa!

Y al decir esto le pegó un cachete en la mejilla izquierda que le hizo tambalear de nuevo...

—¡Perdona, Cefe, si te he hecho perder el tiempo! –masculló J.J. retomando fuerzas–. ¡No sabes cómo te lo agradezco! Pero estaba convencido de que...

Cuando se quedó solo, volvió deprisa hacia su cuarto. Se tumbó en el suelo cuan largo era y se quedó contemplando al cocodrilo, SU COCODRILO. Ya no tenía miedo, únicamente una

especie de ahogo interior al que todavía no podía poner nombre. Y un sudor frío.

Y unas manos temblequeantes. En adelante, no
sabía qué podía pasar. De momento tenía que
ir a la oficina. Lo del cocodrilo tendría que ser
su gran secreto, y al pensar en ello se dio cuenta de que el no poder hablar de ello iba a ser
más duro que el propio miedo.

Antes de irse arrojó una zapatilla bajo la
cama.

De momento era mejor que el cocodrilo no
pasase hambre.

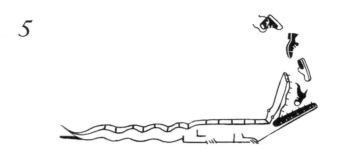

5

ADMITIR en la propia vida un cocodrilo no
es nada fácil. Es decir, que son muchos los
cambios pequeños y grandes a los que uno se
ve forzado. Como cuando se tienen invitados,
y si el huésped es un cocodrilo, mucho más.

Por de pronto, la cama dejó de ser su cama,
es decir, el lugar donde uno se abandona y se
entrega al sueño reparador. La cama dejó de ser
su cama para convertirse en la guarida del nuevo
inquilino, del compañero de casa. J.J. se aco-
modó en el sofá y ponía cuidado todas las no-
ches en cerrar bien la puerta de la sala confian-
do en que los cocodrilos no estaban preparados,
ni física ni psicológicamente, para abrir puertas.

De todas formas, no volvió a ser el de antes.
Se despertaba a menudo y sentía la necesidad
de cerciorarse de que el cocodrilo estaba en su

sitio. Y así era. Y cualquiera habría dicho que era de cartón piedra si los zapatos que J.J. le iba arrojando no hubieran desaparecido sin dejar ni rastro. Ni un cordoncito, ni un medio clavo. Aquel nuevo vecino lo tragaba todo y si bien no era exigente, ni pedía gran variación, era evidente que alimentarlo le significaba a J.J. bastante trabajo.

Al principio, J.J. empezó ofreciéndole sus zapatillas viejas, el par de botas de monte y aquellos zapatos que se compró para la boda de una prima, aún casi nuevos, que siempre le habían hecho daño. Luego, siguieron las zapatillas deportivas, las botas monteras, los mocasines de verano y las sandalias playeras. Cuando se dio cuenta de que a aquel paso iba a tener que ir a la oficina descalzo, optó por comprar los zapatos más baratos que encontraba en las zapaterías. Pero tampoco el hacer aquellas compras se volvió nada fácil, ya que las dependientas de los almacenes y tiendas que él frecuentaba empezaban a conocerle, le dirigían preguntas insidiosas, sonrisitas de complicidad, y J.J. terminó yendo a comprar cada vez más lejos sus dichosos zapatos, zapatillas, botas y sandalias.

Con esos quehaceres se le pasaba el tiempo

en que no estaba trabajando. «Mejor es que el cocodrilo coma zapatos, que no que me coma a mí», se decía J.J. para consolarse. En la oficina, en cambio, sentía una especie de relax. Como su casa ya no era su casa sino el cubil de un hermoso reptil, la oficina se convirtió casi en su nuevo hogar. Allí se encontraba a salvo de toda amenaza y además allí estaba Elena, con su cabellera rubia rizada, su sonrisa, con aquella forma suya de teclear en el ordenador que era para volverle a uno loco...

—Tienes mal aspecto, Juan José...

La señora Eulalia, siempre tan maternal, tan dispuesta a ofrecerle un *kleenex*, a cepillarle la chaqueta, a avisarle de que llevaba la bragueta abierta, le miraba con aspecto preocupado:

—Juan José, creo que pasas demasiadas horas encerrado, tienes mala cara –insistió ella.

—Sí, sí... –asintió Elena dejando de escribir en el ordenador un momento–. Se te ve preocupado.

J.J. sintió que el corazón le daba un salto porque aquella chica le miraba. Le miraba con unos ojos lánguidos preciosos y aquella mirada apuntaba directamente a su Gran Secreto. Por eso no se le ocurrió hacer otra cosa que lo que se hace en estos casos:

24

—Estoy preocupado porque a un amigo mío le pasa una cosa muy rara...

—¿Qué le pasa a tu amigo?

La señora Eulalia solía estar siempre deseosa de compartir males ajenos.

—Nada, que mi amigo dice que tiene un cocodrilo debajo de su cama...

Elena se estremeció de arriba abajo. Dejó de teclear en el ordenador y dirigió su mirada hacia el techo como si le faltara el aire.

—Pero lo curioso es que solo lo ve él, los demás no ven nada...

—¡Pero eso es tremendo! –la señora Eulalia parecía muy interesada–. ¿Y no ha ido tu amigo al médico?

—No, porque dice que le van a tomar por loco.

—¡Pero, hombre de Dios! ¡Hoy en día las cosas han cambiado! ¡No se le interna a uno en el manicomio así como así! Hay tratamientos... Sé del caso del primo de una amiga mía, un chico bien majo por cierto, un ingeniero de minas que antes vivía en Bilbao y ahora trabaja aquí, que, como te decía, tuvo una temporada en que se creyó que era perro y a la noche no hacía más que ladrar...

—¡Calla, por Dios, Eulalia! A mí, todas esas

historias me ponen como muy nerviosa... –murmuró Elena.

—¡Y para hacer pis levantaba la pierna! –prosiguió la señora Eulalia jocosamente–. Pues bien, fue al médico, tomó unas pastillas y... ¡hasta hoy! ¡La medicina ha adelantado tanto!... Pero, Elena, querida, ¿qué te pasa? ¡Estás blanca como la pared!

J.J. se acercó a ella. Parecía mareada y a J.J. le hubiera gustado cogerle la mano, pero no se atrevió.

—¡Me siento un poco mal...! ¡Estas cosas siempre me ponen nerviosa! –murmuró la joven mientras salía disparada hacia los lavabos.

—Es una chica un poco rara, ¿no te parece, Juanjo? –le susurró Eulalia a J.J. en tono confidencial–. Cuando menos te lo esperas tiene unas reacciones... no sé, no sé... ¿no estará embarazada?

Como no era cuestión de seguir con aquel tema, J.J. se limitó a cortar la conversación diciendo que sí, que lo del médico le parecía muy buena idea y que se la comunicaría a su amigo.

Al fin y al cabo, la idea era razonable y desde luego lo del ingeniero que tenía que levantar la pierna para mear le pareció mucho más grave que tener un pacífico cocodrilo debajo de la cama.

6

J.J. CONSULTÓ el horario de su médico:

DOCTOR DEPRISA

*De once menos cinco
a once y veinticinco de la mañana*

Bien, pediría permiso en el trabajo. En los años que llevaba en aquella sucursal no había perdido un solo día, así que el jefe no le pondría pegas...

—Vengo a pedirle permiso para ausentarme mañana por la mañana. Es que tengo que ir al médico...

—¿Estás enfermo, J.J.?

—Creo que son anginas –dijo él mientras encendía un cigarrillo.

—¿Y no te hace daño el tabaco?

—¿El tabaco? ¡Ah, sí!...

Y tiró con gesto de asco el cigarrillo al suelo.

—¡Por favor, Juan José! ¿Para qué están los ceniceros?

La señora Eulalia acababa de entrar y le miraba con reprobación. J.J. recogió el cigarrillo del suelo nerviosamente y lo estrujó en el cenicero...

—¡Nada, nada, J.J., vete al médico cuanto antes! La verdad es que te noto un poco alterado... ¡Tomas unos antibióticos y listo!

Y al decir esto, el jefe miró explícitamente hacia la puerta dando por zanjada la conversación.

La señora Eulalia, que acababa de dejar unos papeles sobre la mesa del jefe, siguió a J.J. hasta la oficina común:

—Te sigue una rubia, Juan José... –le dijo maliciosamente, mientras le quitaba un hilillo de la solapa.

—¿A mí? –y a su pesar la espléndida melena rizada de Elena apareció en su mente.

—Se dice eso cuando se encuentra un hilo blanco y, cuando se encuentra un hilo negro, se dice «te sigue una morena». ¿No lo sabías?

J.J. miró disimuladamente a Elena y le pareció que esta acercaba exageradamente su mirada a la pantalla del ordenador.

—Tengo que ir al ambulatorio mañana –dijo J.J. por desviar el tema de conversación.

—¿Estás enfermo? –preguntaron las dos mujeres al unísono.

—La garganta, las anginas... –y se levantó las solapas de la chaqueta, agarrándose con una mano la garganta como si quisiera estrangularse.

—¡Deja que te mire! –se ofreció espontáneamente Elena.

Eso a J.J. le dio mucha vergüenza. Dijo que no, que no era nada, que no se molestara... Pero Elena insistió. Él terminó abriendo la boca y por un momento se le presentó en la mente la imagen del cocodrilo con sus fauces abiertas.

—¡Qué barbaridad! –dijo ella apartándose de él escandalizada–. ¡Tienes unas anginas de caballo! ¡Debes ir cuanto antes al médico! ¿No tienes fiebre? –y Elena le puso la mano en la frente. J.J. sintió un escalofrío.

—Estás temblando.

J.J. sintió que se tambaleaba cuando Elena clavó sus ojos de avellana en los suyos. Se sentó a su mesa e intentó reemprender su trabajo. Imposible. Empezaba realmente a sentir muchas molestias en la garganta. Y algo de fiebre.

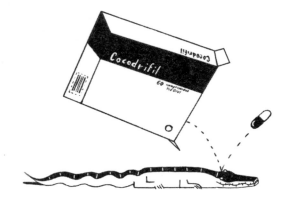

7

J.J. LLEGÓ al día siguiente al ambulatorio, preso de un gran nerviosismo. Nunca le habían gustado los médicos, siempre se las había arreglado para prescindir de ellos, pero en aquella ocasión no veía otra salida que comunicar su Gran Secreto a algún oído profesional, experimentado y al mismo tiempo indiferente. Alguien que estuviera acostumbrado a casi todo, a ingenieros que ladran y a empleados administrativos que conviven con cocodrilos. Sentía vergüenza y miedo, la urgente necesidad de tomar alguna drástica medida y, al mismo tiempo, una incontenible tentación de echar a correr. En aquel estado de ánimo, no le importó que el número de consulta que le habían dado fuera el 27. Eso quería decir que tenía tiempo para echarse atrás, para volver otro día,

26 problemas sanitarios antes que el suyo podían muy bien llevar toda la mañana, el doctor Deprisa podía muy bien sentirse agotado y citarles para el día siguiente... Una viejecita, menuda y arrugada como una pasa, vino a sentarse a su lado.

—¿Qué número tiene usted? –le preguntó mostrando su número 33 a J.J.–. ¿El 27? ¡Ah, entonces le toca a usted enseguida! Este doctor, como su nombre indica, atiende muy deprisa...

Y la viejecilla se rió como un conejo, mostrando una dentadura postiza perfectamente blanca.

En aquel mismo momento, cruzó la sala de espera una figura desgarbada, que empezó a quitarse la chaqueta nada más abrir la puerta de la consulta.

—¡Es el doctor Deprisa! –le anunció la amable compañera de espera.

Y, nada más realizadas las presentaciones, empezaron a desfilar por el despacho del galeno un paciente tras otro a una velocidad que a J.J., además de resultarle de lo más sospechosa, le produjo una inesperada parálisis.

—¡Le toca a usted! ¡Es su número! –le anunció la número 33 al cabo de un momento.

J.J. se levantó como un autómata. ¿Qué iba a decirle a aquel médico? ¿Qué iba a pensar aquel doctor de él? ¿Cómo explicar...?

—¿Qué le pasa?

El doctor Deprisa llevaba una bata blanca sin abotonar, se mantenía tenso de pie tras su mesa, como el banderillero que se dispone a colocar unas rápidas banderillas al toro que se encuentra enfrente. En el fondo, J.J. agradeció aquella especie de vorágine que le obligaba a ser lo más escueto y conciso posible.

—Que veo un cocodrilo debajo de mi cama.

El doctor no se inmutó, ni hizo ademán de sentarse a tomar la más mínima nota.

—¿Qué dimensiones tiene el cocodrilo?

—Como una maleta grande.

—¿Qué color?

—Grisáceo...

—¿Se mueve?

—No. Solo come.

—¿Qué come?

—Zapatos.

En aquel momento se hizo un segundo de silencio que J.J. vivió con un gran respiro, como si llegase a la meta tras una ardua y dificultosa carrera.

—Bueno, va usted a tomar COCODRIFIL comprimidos, uno por la mañana y otro por la noche; COCODRITALIDÓN supositorios, uno cada día, y COCODRITAMINA efervescente a las horas de las comidas... Durante dos semanas. ¡El siguiente!

J.J. cogió todas aquellas recetas que la enfermera había ido rellenando a la velocidad de un rayo y salió aliviado a la calle.

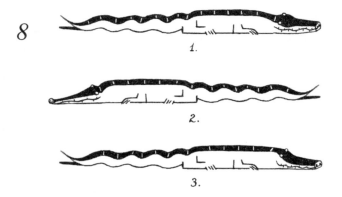

1.

2.

3.

—¿**E**n qué puedo servirle, joven?

Aquel farmacéutico le miraba por encima de las lentes como si le conociera anteriormente y no recordara su nombre. J.J., cuyo aspecto era desolador a causa de los últimos aconteci-mientos que habían ocurrido en su vida, intuyó un sincero interés en aquella frase convencional.

—Venía a por estas recetas...

J.J. guardó un respetuoso silencio para disimular su turbación mientras el farmacéutico se ejercitaba en el noble trabajo de descifrar la letra del doctor Deprisa.

—¡Ah, ya...! Cocodritalidón, Cocodrifil y Cocodritamina.

Y después de nombrar aquellos productos, el

farmacéutico levantó los ojos de las recetas como si esperase un aplauso por parte de J.J.

—¡Estas cocodrilitis suelen ser de lo más latosas! –dijo, y se marchó hacia la trastienda en busca de las medicinas.

J.J. sintió que una ventanita se abría en su corazón. El farmacéutico parecía no dar importancia a su dolencia. Sin casi prestarle atención había hablado de «cocodrilitis» como si de una vulgar gripe se tratara y además había añadido el adjetivo «latosa», que indicaba que aquel asunto le resultaba muy familiar.

—¡Perdone! –le dijo J.J. cuando reapareció el farmacéutico–. ¿Acaso conoce usted otros casos de... de... cocodri...

—¿De cocodrilitis?... ¡Por supuesto!

El farmacéutico se quitó las gafas y dejó vagar su mirada hacia un supuesto público que hubiera podido acudir a su clase magistral...

—La cocodrilitis es uno de los males de nuestro tiempo. Desde que a la gente le dio por abandonar el campo, el ritmo de vida natural, el contacto con las fuerzas eternas de la vida y la muerte, desde que se hacinó en las ciudades y dejó el fruto de su sudor y su trabajo en manos de otros...

J.J. tosió nerviosamente, mirando ostensiblemente su reloj. El farmacéutico creyó conveniente abreviar su clase y atenerse a lo estrictamente profesional.

—¿Si conozco casos de cocodrilitis, dice usted?... Permítame que le diga una cosa, joven: la cocodrilitis no es de las peores cosas que pueden pasar. ¡Créame! Existen casos de arañitis, por ejemplo, que son mucho más graves... Ya sabe usted: la araña, la tela, la mosca, sentirse atrapado, acosado...

A J.J. se le estaba poniendo la tez blanca como una sábana de hospital.

—Porque pensándolo bien, joven –prosiguió el farmacéutico mirándole fijamente a los ojos–, el cocodrilo es un reptil hermoso, reposado, casi sagrado diría yo. Recuerdo yo que, cuando vivía en Cuba, vi un criadero de cocodrilos. Allá los llaman caimanes... ¿Sabe usted la diferencia que hay entre el caimán y el cocodrilo?

J.J. no lo sabía y tuvo que reconocer que hasta encontrarse en aquellas tristes circunstancias sabía muy poco de los cocodrilos y sus familiares.

—Pues los caimanes son más largos; los cocodrilos, más pequeños. En Cuba vi, como antes le he dicho, mi primer criadero de cocodrilos. Algunos estaban bajo el agua y solo asomaban los ojos sobre ella. Otros dormitaban unos contra otros, apilados entre el barro... ¡Qué bella estampa! A mí los cocodrilos no me dan miedo, los mosquitos sí. ¡Esos sí que son malos! Me dejaron los brazos y las piernas hinchados! Un cocodrilo es hermoso, sobre todo cuando se desliza suavemente bajo el agua y abre su bocaza y... ¿le pasa a usted algo, joven?

No. No le pasaba nada, solo que, de nuevo, aquel ahogo interior iba creciendo dentro de él como una planta pegajosa, una planta carnívora que le había engullido ya su estómago y que se expandía hacia su corazón y hacia sus entrañas.

—Pues, como iba diciéndole, el cocodrilo prácticamente no tiene enemigos... ¡Figúrese que a menudo resiste la bala del fusil! –el farmacéutico sonrió expresivamente a J.J.–. ¡Son esas ridículas películas de los americanos las que han deteriorado su imagen. Ya sabe a lo que me refiero, el cocodrilo que persigue al Capitán Garfio y todo eso... ¡Qué desvergüenza! Por ejemplo, ¿sabía usted que en el Bajo Egipto lo adoraban como a un animal sagrado?

—No... –balbuceó J.J. mientras recordaba a su compañero de casa con una de sus botas entre las fauces.

—¡Es incomprensible la ignorancia que hay hoy en día sobre este tema! Seguro que usted no sabe si su cocodrilo es en realidad un aligator o un caimán, o si se trata de un cocodrilo de las marismas, *cocodrylus palustris*, o del tipo que se da en Indomalasia, el *cocodrylus porosus*... ¡Ay, amigo mío...!

El farmacéutico cortó su perorata para atender a J.J., que había caído redondo al suelo.

—¡Pero hombre de Dios! ¡Si es usted el que me ha preguntado! ¡Hay que ver lo sensibles que se vuelven estos cocodrilíticos!

El boticario le abanicaba con las recetas mientras J.J. iba volviendo a su ser lentamente.

—En estos momentos solo tengo Cocodrifil. Empiece usted a tomar los comprimidos enseguida y vuelva de nuevo. Yo estaré encantado de atenderle y para entonces tendrá el resto de la medicación que necesita... ¡Ánimo, hombre! ¡Piense que la cocodrilitis no es lo peor y que además...

J.J. no esperó a que terminara la frase. Cogió la caja de pastillas que el boticario le ofrecía, pagó el importe y se dirigió tambaleante hacia la puerta.

—¡Gracias por todo! –mintió con el resto de convencionalidad que le quedaba.

9

L<small>A</small> costumbre es una buena compañía y lo primero que hizo J.J. al entrar en casa fue agacharse a verificar la situación debajo de su cama. Como todos los días.

El fiero reptil, rey de las marismas americanas, el adorado animal que ahoga a sus presas antes de devorarlas, permanecía inmutable, ajeno a las circunstancias y a sus admiradores anónimos con bata de farmacéutico.

J.J. lanzó bajo la cama un par de zapatos de saldo y cerró la puerta del dormitorio pensando en su triste destino. Se sentó en la cocina, sacó el prospecto del Cocodrifil y se dedicó a leerlo atentamente, con un interés que ninguna clase de literatura había logrado suscitar antes en él.

Cocodrifil comprimidos

Composición: La sustancia activa del Cocodrifil es el cocodrazepam. Se presenta en comprimidos de l,5 mg, 3 mg y 6 mg de sustancia activa.

Propiedades: Los ensayos clínicos efectuados a escala mundial han demostrado que el Cocodrifil es un potente medicamento anticocótropo. Administrado a las dosis convenientes ejerce una acción selectiva sobre el sentimiento de soledad, la ansiedad y la dependencia afectiva. A dosis más altas tiene propiedades utópicas y fantasiosas, de gran importancia en el tratamiento de los casos de aislamiento urbano agudo.

Indicaciones: El Cocodrifil es eficaz en el tratamiento de dolencias que cursen con síntomas tales como angustia, sentimiento de abandono, desprotección recalcitrante. El Cocodrifil está indicado en el tratamiento de agudas necesidades de relación, que surgen en situaciones de aislamiento y autogestión sexual. Está igualmente indicado en estados en los que existe dificultad de contacto interpersonal y de comunicación, trastornos de la ilusión, agresividad camuflada, inadaptaciones existenciales y también como auxiliar en tratamientos psicoesperanzadores.

Posología: Dosis medias para pacientes feúchos/as y desencantados/as: 1,5 mg tres veces al día. Casos graves y pacientes infraestimados: de 3 a 12 mg, dos o tres veces al día.

Contraindicaciones: Por su efecto autoexaltante, el Cocodrifil está contraindicado en la autocomplacencia aguda.

Efectos secundarios: El Cocodrifil se tolera muy bien, aun en dosis más altas de las consideradas como terapéuticas. Una amplia experiencia clínica no ha evidenciado efectos tóxicos sobre el rendimiento de trabajo y la responsabilidad civil, así como en las apetencias consumistas y televisivas de los pacientes. En los casos de ancianos o niños se recomienda una dosificación más cautelosa, dada la exasperada sensibilidad de estos pacientes a los medicamentos soledótropos.

Incompatibilidades: Debe tenerse en cuenta que si se administra el Cocodrifil simultáneamente con medicamentos de acción cocodepresora central, puede incrementar su efecto de soledad exasperante.

Interacciones: Los pacientes deberán evitar la exposición a grados altos de inacción y aburrimiento ambiental, así como los fines de semana lluviosos y nostálgicos, porque las respuestas individuales pueden ser imprevisibles.

Precauciones: El Cocodrifil puede modificar las reacciones del paciente (capacidad de autoengaño, autoproyección automovilística, autosatisfacción cuentacorrientana, etc...) Se recuerda el elemental principio médico de que solo en casos de indicación perentoria se administrarán medicamentos en los primeros meses del enamoramiento.

Intoxicación y su tratamiento: En casos de hiperdosificación, pueden aparecer orgasmos convulsivos, éxtasis en gran escala y paz sobrehumana. El tratamiento propuesto consistirá en...

J.J. interrumpió la lectura de aquel pequeño pero instructivo tratado de psicología.

Estaba conmovido. El impacto de aquel prospecto sobre su persona fue tan grande que pasó largo rato interiorizando todos aquellos síntomas en que él tan perfectamente se había sentido retratado.

Le pareció que desde aquel momento se conocía mejor, porque hasta entonces no había sido capaz de denominar ni describir lo que sentía: sentimiento de abandono, situación de aislamiento, autogestión sexual, trastornos de la ilusión, agresividad camuflada... Todo aquello era lo que le pasaba a él. ¡Eso sí que era dar en el clavo! No cabía la menor duda, aquellas pastillas podían cambiar su vida. Y al pensarlo, una pequeña llama surgió dentro de su corazón, algo que J.J. no tardó, contagiado por las descripciones psicológicas anteriores, en denominar ILUSIÓN. Aquellas pastillas, por ejemplo, iban a hacerle ser capaz de invitar a Elena a un café; no, la iba a invitar a su casa... y le diría que...

Y J.J. se acostó, después de tomar el primer comprimido con un vaso de leche caliente. Era el primer día desde hacía mucho tiempo que tenía hambre. Mucha hambre.

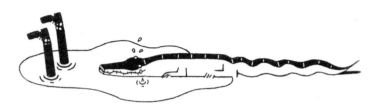

10

J.J. SE despertó al día siguiente completamente empapado. Notó con estupefacción cómo salían las lágrimas de sus ojos como si estos fueran dos grifos mal cerrados. No sentía ningún dolor, ningún sufrimiento, ni cualquiera de aquellas sensaciones de vacío y decaimiento que formaban parte de su despertar cotidiano. Solo lloraba. Y lloraba quedamente, ininterrumpidamente, como si fuera algo ajeno a su voluntad, algo aséptico.

Corrió hacia el espejo. Su rostro tenía una apariencia casi serena, como anestesiada y quizás algo bobalicona. Tardó en darse cuenta de que podía muy bien tratarse de uno de aquellos efectos secundarios de los que hablaba el instructivo prospecto del Cocodrifil. Como acostumbraba a hacerlo últimamente, se dirigió a su habitación y abrió cautelosamente la puerta.

Se quedó pasmado ante la evidencia: un charco de agua se extendía más allá de los límites de su cama, como si fuera la obra de un manantial subterráneo que hubiera surgido de las entrañas de la tierra, del cubil de su cocodrilo. Se puso a cuatro patas mojándose las rodillas y las palmas de las manos. El cocodrilo tenía los ojos semiabiertos, ojos que no miraban a ninguna parte, pero de los que se deslizaban gruesas lágrimas del tamaño de una alubia, rítmica y acompasadamente, con la misma regularidad de los sueros que gota a gota se administran a los enfermos en el hospital.

Se incorporó anonadado y confuso, se dirigió tambaleante hacia la cocina y cogió viejos periódicos que fue colocando en el suelo para que absorbieran aquella curiosa y extraña riada. No sentía ya ningún temor hacia su cocodrilo. Estaba más pendiente de aquella planta carnívora que iba comiéndole el pecho y agarrotándole la garganta. J.J., que había adquirido en muy breve tiempo la capacidad de denominar lo que sentía, no dudó en poner nom-

bre a aquella asfixiante sensación: ANGUSTIA.
Dejó de extender hojas de periódicos viejos en
el suelo y se abalanzó al botiquín del baño. Se
tragó un comprimido de Cocodrifil, con la
misma premura con que uno que se está aho-
gando se agarra a la cuerda que le tienden para
salvarlo.

Eran las siete y media de la mañana. Tenía
que ir a la oficina y no sabía qué hacer. Se
vistió como un autómata enjuagándose de vez
en cuando las lágrimas que le parecieron un
poco menos persistentes, más esporádicas, menos copiosas. Cuando salió del portal de su
casa, se puso unas gafas negras para el sol que
se había comprado el verano pasado y tuvo
que admitir que aquella angustia que le había
atenazado hacía un rato estaba dejando lugar
a una extraña sensación de abotargamiento.

En la oficina, la señora Eulalia puso el grito
en el cielo en cuanto le vio:

—Juan José, ¿te pasa algo?

Se refería a las gafas, sin duda. Elena dejó
de revolver en un cajón y le miró con curio-
sidad:

—Te van muy bien las gafas –le dijo. Y luego desvió su mirada hacia la ventana para di-

simular un leve temblor en la comisura de sus labios. También su mano derecha pasó del teclado del ordenador a su pecho, como si quisiera tranquilizar los locos latidos de su corazón.

J.J. no se percató de aquel hecho.

—No pensarás presentarte ante el jefe con ese aspecto, ¿no? –inquirió la señora Eulalia, siempre tan sensible a la estética laboral.

—Creo que tengo conjuntivitis... –balbuceó J.J. mientras se sentaba a su mesa de trabajo y encendía el ordenador con la mayor naturalidad posible.

—¿Conjuntivitis? ¡Déjame que te mire! –exclamó Elena, acercando su rostro al de él.

—¡No! ¡No!...

J.J. fue rotundo. No solo se negó a la cercanía de la joven, sino que puso tal cara de desagrado y repulsión que la chica quedó por un momento petrificada en su asiento.

—¡Perdona...! Yo...

—¡J.J.! –el director de la sucursal acababa de asomar su cabeza por la puerta del despacho–. ¿Puedes venir un momento?

El cocodrilítico se sintió morir. En los segundos que invirtió en retirar sus gafas negras y levantarse de su mesa midió todo el abismo que había abierto entre la chica de melena rubia más bonita del mundo y él. Del retroceso que eso suponía para sus planes futuros, del callado pasmo en que la había sumido, en su desquiciante situación, en su locura...

—¡Rápido!

El director de aquella sucursal era un cincuentón rechoncho al que la corbata anudada al corto cuello le daba el aire de un jornalero vestido para el día de su boda. Iba trajeado sin esmero, en sus pantalones estaban incrustadas las huellas de su trabajo sedentario y, para asombro de J.J., aquel día lucía un par de mocasines más propios de Toro Sentado que de un ejecutivo coqueto. De pie frente a él, J.J. no podía levantar la vista de aquel par de mocasines con flecos y talón plano.

—¿Te pasa algo? –le preguntó el director, algo incómodo ante lo que él creyó un gesto de sumisión innecesario. Se sentó en su sillón estirando las piernas bajo la mesa y dejando los pies cruzados a la vista. Aquel par de mocasines eran de cuero bastante usado, suela gastada y realmente no estaban pulcros...

—J.J., ¿qué estás mirando?

Aquellos pies eran quizás más bien pequeños, pero anchos, y a J.J. le parecieron algo
deformados. Unos pies encarcelados en unos
mocasines de lengüetas alzadas, crispadas, con
sus remates deshilachados, sus suelas raídas...

Todo pasó en un segundo.

J.J. se encontró mordiendo aquellos mocasines con fruición, con avidez, lengüeteando y
babeando, mordisqueando y chupando aquellos zapatos.

—¡J.J., por Dios! Pero, ¿qué haces? ¿Te has
vuelto loco? ¡Paraaaa...!

Su jefe se había levantado de golpe. J.J. permanecía boca abajo, brazos y piernas extendi-
dos, intentando acercar a su boca unos mocasines cada vez más saltarines y huidizos. De
repente, se sentía preso de una verdadera pa-
sión, de una urgente necesidad de engullir
y masticar cualquier zapato. De quien fuera y
como fuera.

11

AQUELLA mañana J.J. pensó que no conocía realmente aquella ciudad. Nunca había podido o nunca se le había ocurrido pasear por la Gran Avenida a aquellas horas, la ciudad tenía en aquella hora otro ritmo, la luz era distinta, la gente que transitaba también le resultaba novedosa. Deambular por la ciudad a las diez de la mañana de un día de trabajo le producía una extraña sensación.

Paseaba despacio, la cabeza asombrosamente vacía, el corazón a ritmo de vals monótono, observando las palomas que daban pasitos inseguros entre la gravilla del jardín que rodeaba el quiosco de música que tantas veces había visto anteriormente.

Se acordaba vagamente de las palabras del jefe. Inconcebible. Inexcusable. Trastornado.

Médico. Casa. Casa. Casa. Es decir, recordaba que por el momento le habían echado de la oficina. J.J. evocaba con consuelo el empeño que puso el director de la sucursal de que sus compañeros no se percataran de lo ocurrido. Rememoraba con extrañeza la insistencia que puso el dueño de aquellos mocasines en que se tomara un nuevo comprimido de Cocodrifil, sus palmadas en la espalda al tragárselo delante de él, su cara descompuesta al acompañarle hasta la puerta.

—Y ahora a casa –le había dicho–. A descansar. Al médico. A tratar el asunto. Sin prisas... Coger la baja. Invalidez... dez, dez, dez...

A casa.

Como siguiendo unas órdenes imperiosas, se dirigió a su domicilio. Por recorridos no acostumbrados, a una hora inusual de la mañana, un día del que no recordaba la fecha, él, un hombre ya sin nombre, un hombre raro al que le gusta comer zapatos, que se cree un cocodrilo. Un loco. Un trastornado al que todo el mundo rechaza.

Le vino a la mente la cara circunspecta de Eulalia cuando el jefe le acompañó hasta la puerta de salida, la indiferencia que mostró

Elena en aquel momento crítico, más preocupada que nunca por lo que leía en su pantalla de ordenador.

El médico.

Miró en su cartilla, de nuevo, el horario del doctor Deprisa. Demasiado tarde, era imposible recurrir a su ciencia. ¿Y el farmacéutico experto en cocodrilos de toda índole? J.J. cogió un taxi. De repente, vio el cielo abierto. Ya tenía con quién consultar toda aquella sarta de efectos raros, de reacciones imprevisibles que estaba padeciendo. Alguien experto como el farmacéutico podría ayudarle.

El taxi lo dejó prácticamente a la puerta de la farmacia. Sin abrir tan siquiera la puerta pudo ver que no había luz ni movimiento alguno en su interior. Quiso, de todas formas, cerciorarse: CERRADO. J.J.. se sintió desfallecer. Una pequeña nota bajo el cartel: *Cerrado por boda.*

Boda. Abandonado a su suerte por una boda.

Se dirigió hacia su casa. Le pesaban los pies y se sentía como un buey en un arrastre de piedra. Todo era dificultoso ya: coger el ascensor, encontrar las llaves de la puerta, abrirla... Intentó recordar si le quedaba en casa algo con que alimentar a su inquilino, ¿unas alpargatas viejas quizás?¡No, eso comió el día anterior! ¿Quizás el par de chancletas que guardaba para situaciones extremas...? Le costaba hasta recordar el cuello grácil y el movimiento ondulado de la melena de Elena, le costaba ya hasta amarla. Él ya no era él.

Llevado por la costumbre se dirigió a la sala que se había convertido en su dormitorio tras los últimos acontecimientos.

Y allí estaba.

El párpado pesado, la bocaza semiabierta, enorme y aplastado contra el suelo, inmóvil pero vigilante; instalado, exactamente, en medio de su alfombra.

Un sudor frío le rodeó el cuello y sintió el ahogo que da el pavor, acompañado de temblores de manos y piernas. Cerró la puerta de golpe y se dirigió directamente hasta su antiguo dormitorio. Quería saber si era el mismo invitado o se trataba de algún pariente llegado del lejano Nilo. En el pasillo tropezó con algo duro que se movió imperceptiblemente: era otro cocodrilo. Y en la bañera. Y bajo la mesa de la cocina. Y dentro del frigorífico...

Era el fin. ¿Huir? ¿Adónde?

Nada más abrir la puerta hacia el exterior comprobó lo que ya presentía: el descansillo estaba invadido de cocodrilos alerta y desmesuradamente quietos. Esperándole.

Se apoyó contra la pared.

¡No puedo más!

Lo dijo en voz baja, como si quisiera que no se enterara nadie. Más como una constatación, que como una queja. Aquello era ya tan grave que le ahorraba el trabajo de luchar: solo le quedaba rendirse. Abandonarse. Ofrecerse. Inmolarse. Cerrar los ojos definitivamente.

Para ello eligió su antiguo dormitorio. Cerró la persiana. Se extendió sobre la colcha satinada de su solitario lecho de soltero y echó el par de zapatos que tenía puestos al más veterano de los cocodrilos que le habían visitado. Se tragó todos los comprimidos de Cocodrifil y cerró los ojos.

Y se puso a esperar.

12

Se despertó muy tarde, casi al anochecer, como más tarde pudo comprobar en su despertador. Tomó conciencia con sorpresa de que aún seguía vivo y cuando miró debajo de su cama el cocodrilo seguía allí, como dormido.

Estaba cansado y sentía la cabeza extrañamente vacía, el cuerpo abotargado, y ningunas ganas de levantarse de la cama y salir a la calle. Además, no le quedaban ya zapatos. Así que siguió esperando. Miró de nuevo al cocodrilo, con un poco de ternura. Al fin y al cabo, para un hombre tan solitario como él, el cocodrilo había sido una exótica compañía.

Encendió un cigarrillo y siguió esperando.

El timbre de la puerta cortó aquella rara placidez que disfrutaba. Pensó en no abrir, pero el timbre sonó tan insistentemente que al final hizo acopio de energía y se levantó de la cama...

Y allí estaba ella, Elena en persona, con su melena rizada, con un vestido floreado y una sonrisa angelical.

—Estaba preocupada por ti, Juanjo. Por eso me he permitido...

J.J. se quedó sin aliento. Pensó en su pelo despeinado, su barba sin afeitar, su ropa desaliñada y sus pies descalzos. Elena ya se había introducido en la casa para cuando quiso reaccionar.

—Te he traído unos libros, me han dicho que estabas de baja... No sé, como nadie me daba razones... Quizás no hubiera debido... Si te molesto...

—Elena, perdona mi aspecto...

Ella sonrió abiertamente:

—Me alegro de conocer tu casa, de encontrarte bien, ¿sabes?... creo que nos conocemos muy poco a pesar de las horas que pasamos juntos...

—Sí... sí... –balbuceó él, con voz pastosa–. ¿Quieres tomar algo?

—De momento no, gracias. No me apetece nada. Dime, Juanjo, ¿vives solo?...

—Pues sí –y J.J. recordó al camarada que yacía bajo su cama.

—Yo también. Es un rollo, ¿no? A veces te sientes de maravilla; otras veces, más solo que la una–. Elena se sentó cómodamente en el sofá de la cama–. A veces he pensado que podríamos salir juntos alguna vez, tenemos muchas cosas en común, ¿no?... ¿Qué te parece?

J.J.. seguía absorto en lo inesperado de la situación, sin poder creérsela, sin saber si era una alucinación, un embrujamiento, una quimera.

—Oye, si te molesto, me voy, ¿eh?

La voz de Elena, de nuevo. J.J., que estaba renaciendo a la vida, sintió una especie de vértigo. No solo no había sido devorado por su cocodrilo sino que la chica que habitaba en sus sueños estaba allí, en su casa, frente a él, hablándole, ofreciéndole salir juntos.

—Elena –le atajó él de forma muy seria–, tengo que hacerte una confesión. Las cosas no son tan sencillas como piensas: tengo un cocodrilo bajo mi cama, vivo con él hace tiempo... Quiero que lo sepas.

Y J.J. le contó todo, desde el principio hasta el final: sus gestiones telefónicas con el zoológico de la ciudad, la visita de Cefe el carnicero, su único amigo, la consulta con el doctor Deprisa, las instructivas informaciones del farmacéutico, su tratamiento con el Cocodrifil, y su extraño deseo de echarse al suelo y comer todos los zapatos que se encontraran a su paso.

Al terminar, esperó. Le daba la impresión de haber colocado una bomba de relojería y esperaba, de un momento a otro, su explosión.

Elena, en cambio, no pareció inmutarse.

—¿Y de qué dices que se alimenta tu cocodrilo? –preguntó inesperadamente.

—De zapatos.

Elena pegó un respingo:

—¡Pues tienes suerte! El mío es más caprichoso: tengo que darle de comer relojes de pulsera. Sí. Me sale muy caro, la verdad. ¿Cómo se llama el tuyo?

—¿Quién?

—Pues tu cocodrilo...

—¡Ah, ni idea! No se me había ocurrido que...

—El mío se llama Simenón. No me preguntes por qué. Sé que se llama así y ya está. A estas alturas ya hablo con él, es lo mejor. O te haces su amigo o te come.

J.J. sonrió por primera vez en mucho tiempo. ¡Relojes de pulsera! La cosa resultaba hasta simpática. Sintió ganas de saltar, de bailar. Con Elena, con Eulalia, con el farmacéutico y hasta con el mismo cocodrilo.

Elena se levantó y se dirigió hacia el frigorífico de la cocina.

—¿Te queda alguna cerveza?

Con sendas latas de Heineken se fueron hacia el dormitorio de J. J. Se arrodillaron los dos en el suelo para contemplar juntos al fiero reptil de las marismas, y J.J. advirtió que contemplar juntos algo es una de las cosas más bonitas de este mundo.

—¿Pero dónde está?

J.J. se sintió desilusionado. Bajo su cama había una gruesa capa de polvo e innumerables zapatos, botas, sandalias y zapatillas...

—¡Mira, Juanjo!

Rozando la pared se movía algo. Observaron bien: era una lagartija. Parecía despistada y aturdida. Elena se enderezó y abrió la ventana. Como si aquel gesto hubiera sido una orden, la lagartija corrió por el zócalo, se subió por la pared con una destreza antigua y desapareció por la ventana en menos que canta un gallo.

Elena miró a J.J. con una media sonrisa que le quitó el aliento:

—¡Lo de siempre! Y el día menos esperado, seguro que vuelve a aparecer bajo tu cama. ¡No, si yo sé mucho de eso!

—¿Ah sí?... ¡Ya me parecía a mí que eras alguien especial! –le sonrió J.J. mientras su nueva amiga cocodrilítica le resultaba cada vez más maravillosa.

—Algún día visitaremos a mi cocodrilo, no te lo pierdas.

J.J. descubrió en su fuero interno que volvía a sentir ganas de vivir, una especie de ligereza extraña, un dulce deseo de reír.

—Creo que tengo un par de relojes viejos que ya no uso –añadió J.J.–. No te vendrán mal...

—Y yo, un montón de zapatos viejos, no te preocupes.

—¡Tenemos porvenir! –concluyó Elena, riendo abiertamente.

—Es posible –le respondió J.J. a Elena cogiéndole de la mano.

CUENTO QUE A MARIASUN LANDA...

le van los tonos rojos. Tanto que su pelo, sus labios, la
ontura de sus gafas, la bufanda de su cuello y la correa de
reloj son de ese color. Es feliz andando por el campo, viendo
en cine, hablando con gente estimulante y viajando, por
ouesto. Y aún se emociona cuando recuerda el primer artículo
e publicó en la prensa hará cosa de treinta años. Por cierto,
riasun escribe un diario desde que tenía catorce años. ¡Imagina
ántas páginas autógrafas!

ora mismo la autora mantiene una lucha contra el tabaco y,
no es constante, ganará. ¡Seguro! Ah, un último secreto: le
elven loca las croquetas de jamón y los cruasanes.

riasun Landa nació en Rentería (Guipúzcoa) y vive en San
bastián. Es licenciada en Filosofía y Letras y profesora titular
la Escuela de Magisterio de la Universidad del País Vasco. La
tora, que en 1991 ganó el Premio Euskadi de Literatura Infantil
Juvenil otorgado por el Gobierno vasco, obtuvo el Premio
cional de Literatura Infantil de 2003 por la versión en euskera
Un cocodrilo bajo la cama.

¿QUIERES LEER MÁS?

SI A VECES TÚ TAMBIÉN TE SIENTES SOLO E INCOMPRENDIDO COMO EL PROTAGONISTA DE **UN COCODRILO BAJO LA CAMA**, TE IDENTIFICARÁS CON BRADLEY, EL PERSONAJE CENTRAL DE **HAY UN CHICO EN EL BAÑO DE LAS CHICAS**. Para él, ser el peor de la clase es la única manera de llamar la atención de compañeros y profesores. Pero, claro, tampoco así se siente feliz.

HAY UN CHICO EN EL BAÑO DE LAS CHICAS
Louis Sachar
EL BARCO DE VAPOR, SERIE NARANJA, N.º 161

SI COMO A J.J. TE AFECTAN LA FALTA DE COMUNICACIÓN Y EL EGOÍSMO DEL MUNDO ACTUAL, NO DEJES DE LEER **JUEGO DE ADULTOS**, que narra la historia de Ramón, un adolescente dispuesto a demostrar a sus amigos que puede subsistir en una gran ciudad sin apenas dinero en el bolsillo. Pero la insolidaridad de la gente complicará las cosas.

JUEGO DE ADULTOS
Manuel L. Alonso
EL BARCO DE VAPOR, SERIE ROJA, N.º 107

Y TAMBIÉN **¿OYES EL RÍO, ELIN?**, una novela que describe el asombro que les produce a Elin y a su hermano, dos víctimas de la sociedad de consumo, la noticia de que deben apretarse el cinturón y cambiar de modo de vida cuando, en plenas Navidades, su padre se queda en el paro.

¿OYES EL RÍO, ELIN?
Gudrun Pausewang
EL BARCO DE VAPOR, SERIE ROJA, N.º 119

SI, POR EL CONTRARIO, TÚ NO ERES COMO EL PERSONAJE CENTRAL DE **UN COCODRILO BAJO LA CAMA** Y NO TE ASUSTA CONOCER GENTE NUEVA, LEE **EN EL LUGAR DE LAS ALAS**, que narra la curiosa relación que se establece entre Michael, Mina y Skelling, un extraño ser que los dos amigos encuentran en el jardín de su casa. ¿Será un hombre? ¿Será un pájaro? ¿Tal vez, un ángel? O, quizá, ¿una mezcla de las tres cosas?

EN EL LUGAR DE LAS ALAS
David Almond
EL BARCO DE VAPOR, SERIE ROJA, N.º 132

¡Déjate caer por fueradeclase.com un portal para gente como tú!